そに行けば いいことがあるはず

ク作家

訳 生田美保

ワニブックス

ハーイ！　みなさん。
はやくも2冊目の本をお届けすることになりました。
また会えて嬉しいです。
これもすべて、みなさんのおかげです。
ありがとうございます。

網膜色素変性症、より正確にいうなら
「アッシャー症候群」の診断を受けて、
すでに7年という月日が経ちました。
今のわたしの視野は、直径で8.8cm程度。
これ以上狭くなると、
一人で出掛けることも難しくなるそうです。

だから、
一人で思い切り歩きまわれるうちに、
目が見えるうちに、
たくさんのものを見ようと、
積極的に自分のための時間を
持つようになりました。
これは以前から、わたしのバケットリストの
ひとつでもありましたしね。

すると、期待して行った場所がつまらなかったり、
反対に、意外な場所で、
思いがけない癒やしや親切に出会えたり……。
人生って、そういうものみたいです。

どんな印象であれ、旅を通して出会ったものは、
大切な思い出となってわたしの中に
ひとつずつ積み重なっていきました。
それをこの本で
みなさんにおすそ分けしたいと思います。

これからも、わたしはまだまだ行きますよ！
みなさんとともに一歩踏み出せるなら、
とても嬉しいです。

それでは、
わたしと一緒に飛び立ってみましょうか？

contents

友達になってくれて
ありがとう

それでも一歩
進んでみます

そこで
また会いましょう

友達になってくれて
ありがとう

飛行機でのロマンスを
期待していたのに

バンコク行きの飛行機に乗りました。
数日前にオンラインチェックインをしたとき、
エコノミークラスは普通3席ずつ並んでいますが、
珍しく二人掛けのこぢんまりとした席があったんです。
それを見た瞬間、
わたしの中でしばらく眠っていた下心が、
ひょこっと顔を出しました。まるでモグラみたいに。
飛行機でのロマンス！　あえて言わなくても、
みなさん、おわかりですよね。
隣の席に素敵な男性が来たらいいなという
下心を膨らませて、
そこの窓際の席を力いっぱいクリックしました。
映画のような出会いを想像したら、
口元がニヤニヤしちゃって止まりません。

ついに当日。
ブラインドデートに出掛けるような気分で、
だんだんと胸が高鳴ります。
期待に期待を重ねながら、
自分の座席番号を探しました。

ところが……、ふぅ。
わたしの隣の席にはタイ人のおじさんが
座っていました。ひいき目に見ておじさん、
実際のところは、
だいぶ白髪が増えてきた若いおじいさんというか！
とにかく、タイ人のおじさんだったんです。
そのひとつ向こうは、
かっこいい日本人の男性だったのに。ぐすん。

なにも知らないおじさんは
親切に立ち上がってどいてくれ、
わたしは小さく頭を下げると、
棚に手荷物を押し込んで、さっと席に座りました。
現実を否定したくて、窓の外ばかり見ていました。
「しょうがない。飛行機の写真でも撮ろう」と
スマホを取り出したとき、
おじさんが声をかけてきました。

「撮ってあげましょうか？」
笑顔で遠慮して窓の外に顔を向けようとしたら、
おじさんがなにか言っています。
でも、今度は聞き取れないんです。
前もって練習してきたタイ語で
「わたしは聴覚障害者です」と言うと、
おじさんは合点がいったように大きくうなずきました。

もう話しかけてこないだろうと思ったのに、
おじさんは気にすることなく目的地を尋ねてきます。
「どこに行くんですか？」
「バンコクで1ヶ月過ごして、
それからチェンマイに行く予定です」
「チェンマイ！
本当におすすめの街です。最高ですよ」
おじさんは目を輝かせてスマホを取り出すと、
パパパッとアルバムから素敵な風景の写真を出し
説明してくれました。
「これはチェンマイの寺院なんです、
美しいでしょう。ぜひ行ってみてくださいね。
後悔はしないはずです」

それから、別の写真もパレードのように
たくさん見せてくれました。
そのあいだ、おじさんの表情はとても楽しそうでした。
そこにはチェンマイだけでなく、
いろいろな国を旅した写真がたくさん入っていました。

ふと気になったわたしは、
写真から顔をあげて聞いてみました。
「あの、おじさんはなにをされている方ですか?」
「ニューヨークでシェフをしています。
バンコクに帰るのは3年ぶり。
息子に会いに行くんです。3ヶ月くらい滞在して、
またニューヨークに戻ります」
笑顔で答えたおじさんは、
写真パレード第2弾を始めました。
料理の写真と、ときどき趣味で作るという
デザートの色とりどりのパレード。
少し疲れてきたわたしは、
ちょっと寝ますと言って眠りました。

おじさんは眠っているわたしをときどき起こして、
機内食だよ、間食だよと教えてくれ、
入国カードの作成も手伝ってくれました。
明るい表情、やさしさあふれる姿が
とても素敵だったタイ人のおじさん。
激しく手を振って別れの挨拶をしました。

あ、そういえば、名前を聞くのを忘れちゃった！

心温まる
ワット・ポーへの旅

強烈な日差しが降り注ぐバンコクの朝。
まぶしさにしばし目を細め、朝食を済ませたあと、
いつもとは違って薄手の長そでとレギンス、
履き古したスニーカーという格好で出掛けました。
バンコクで最も古い寺院、ワット・ポーに行くため。
泊まっているホテルから
ワット・ポーへの行き方を調べたら、
電車に乗ってサパーンタークシン駅で降り、
水上バスに乗らなくてはいけないようです。
それを知り、ちょっと緊張しました。
水上バスを見つけるまではよいのですが、
乗ってからが問題なんです。

ブログには、船着場の旗をよく見て降りろって
書いてあるけど……。ちゃんと見えるだろうか。
船着場はひとつやふたつではないので、
間違って降りちゃったらお手上げだけど、
どうしよう……。

エアコンがかなり強めに効いた電車に乗って、
サパーンタークシン駅で降りました。
空気は蒸し暑く、日差しは相変わらず
わたしのあとを追ってきます。
早足で駅を出て、水上バスのチケット売り場に
向かいました。
あまりの人の多さに一瞬くらくらしたけれど、
気を取り直してよく見たら、
オレンジとブルーの2種類のチケットがありました。
オレンジは値段が安い代わりに混むので
ちょっと危険で、
10バーツ（約35円）高いブルーは
安全に行けるとのこと。
わたしは迷わずブルーに決めました。

「ブルー、1枚ください」

窓口の人がなにか言いましたが、
英語ではないみたいで、わかりませんでした。
「あの、わたし、聴覚障害者なんです。聞き取れません」
はにかんで言うと、
窓口の人は「あ！」と言ってうなずき、
ビニールがかかった紙を差し出しました。
それは水上バスの路線図でした。

「どこに行きますか？」
ワット・ポーを指さして「ここです」と答えると、
うなずいて電卓を見せてくれました。
「40バーツです」

チケットを受け取って列から離れ、
どこへ行ったらいいのかときょろきょろしていると、
窓口の人はわたしが気になったのか、
長い行列などおかまいなしに、
立ち上がってわたしのほうにやってきました。
そして、にっこり笑うと、「ご案内しますよ」と
いった表情でわたしの腕をつかみ、
乗り場まで連れていってくれたのです。
おぉ、こんな親切は想像もしていなかった……。
窓口の人は、船内に待機していた別の係員さんに、
わたしのことを説明しているようでした。
係員さんはわかったとうなずくと、
わたしの手を取って船内に案内しようとしましたが、
わたしはちょっと立ち止まって、
外で最後まで見守ってくれていた窓口の人に、
感謝の気持ちを込めて「コープクンカー（ありがとう）」と
両手を合わせて挨拶しました。
窓口の人も両手を合わせてにっこりしました。

係員さんに座席まで案内してもらったわたしは、
船着場の番号が書かれた旗を見逃さないように、
外をきょろきょろ見ていました。
力強く進んでいく船の上で風を浴びていると、
蒸し暑さがすーっと引いていくようでした。
けれども、そうやっていい気分に浸っていたら、
急に不安になりました。
船着場をふたつくらい過ぎたあたりから、
旗が全然見えないんです。
どこで降りるんだろう。
だんだん、そわそわしてきました。
そして「ええい、なるようになれ！
もし間違ってたらワット・ポーは諦めよう」と
思ったそのとき、係員さんが寄ってきて、
こう聞かれました。
「ワット・ポー？」
うなずくと、係員さんは次の船着場で降りるようにと
ジェスチャーで教えてくれました。
うわぁ……。

感動がこみあげてきたけれど、
浸っている余裕はありませんでした。
急いで立ち上がると、
係員さんはわたしの手をぎゅっとつかんで、
よちよち歩きの赤ちゃんを連れたお母さんのように
ゆっくりと歩きだしました。そうして、
降りる所の手すりにつかまらせてくれました。

だけど、なんでだろう。
わたしは「聴覚障害者」と言っただけで、
視覚障害があるとまでは言っていないのに、
係員さんが前の階段を指して、
気をつけろと教えてくれるんです。
特に幅の狭い階段でもなかったし、くねくねしたり、
急な階段でもない、ただの普通の階段だったのに。
たぶん、係員さんはわたしが目も見えづらいことに
気づいたんでしょうね。
黙っていても差しのべられる気遣いに、
大きな感動を覚えました。

ついにワット・ポー近くの船着場に到着。
大勢の人が一気に降りていく中、
すぐに降りてしまうのが名残惜しくて、
係員さんをぎゅっと抱きしめました。

「ありがとうございます」

ダブルサムズアップで
いい気分

パリに行ったとき、よく目にしたものがあります。
「パリの人たちはお高くとまっている」という話を
聞くので、わたしも期待していませんでした。
でも、実際に行ってみて、びっくり。

誰かに道を尋ねたり、不意に会話が始まるとき、
わたしはいつも自分から
聴覚障害者であることを伝えました。
すると、ツンとすました顔が
急に積極的な感じに変わるんです。
心を全開にして、わたしの言葉に集中するみたいに。

そして、わたしに説明をします。
わたしはそれを聞いて理解します。

すると、
その人はわたしが説明をちゃんと理解したか、
何度も確認します。
それから、温かい笑みをたたえて、
両手の親指を立ててみせるのです。
「よく理解できました！　えらい！」といった感じに。

新鮮だったのは、一人だけではなく、
だいたいの人がそうなんです！
それがとても印象的でした。
外国に来て褒められているようで、
とても気分のいい経験でした。

力いっぱい輝いていた
あの日の夜空

青空が魅力的なモンゴルのことを考えると、
決まって思い出すことがひとつあります。
モンゴルに行ったのは今から9年前。
教会の人たちと、宣教に行きました。
モンゴルは、空気もとてもきれいで、
どこに行っても自然を感じることができました。
昼間は明るいけれど、
夜は電気が通っている所が多くなくて、
本当に真っ暗です。

その日のスケジュールを終えると、
毎晩、宿でチーム全員が集まって
一日を振り返る時間がありました。
その時間のあとは、
各自部屋に戻って一日を締めくくります。

当時はまだ、
自分の目（網膜色素変性症──夜盲症の症状もある）
のことをまったく知りませんでした。
夜になると全然見えないため、
部屋でなにもできないわたしは、
厚い布団をかぶってじっと横になったまま、
眠くなるのを待っていました。

その日もやはり、重たい布団をかぶって
闇をじっと見つめていました。
すると、誰かが布団をめくって、
わたしを起こすんです。
「ん？」
その人はわたしの両腕をつかんで起き上がらせると、
その手を離さずに、
ゆっくりとどこかへ向かいました。
一歩、一歩、慎重に。

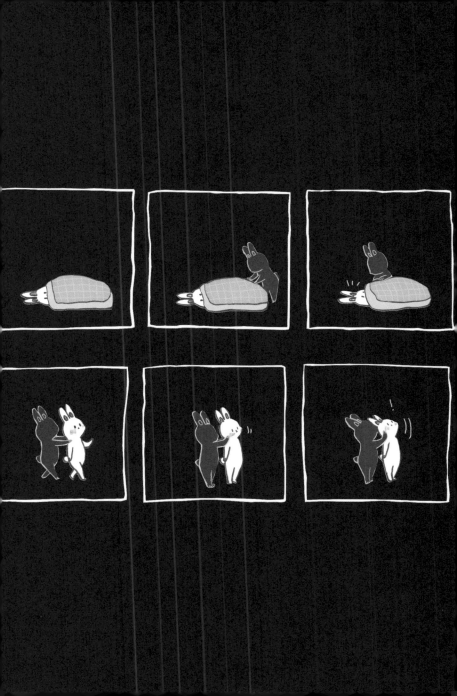

なにも見えなかったけれど、わかりました。
顔に触れる冷たい夜の空気を通して、
外に出たということが。
外に出ると、その人はわたしの顔を上に向けました。
その瞬間、「わぁ！」と声をあげてしまいました。
真っ黒い空一面に、白い点々がぎっしり！
きらきらと、それぞれに力いっぱい
光を放つ星たちの美しいこと！
しばらく言葉を失ったまま、
星空を眺めていたことを思い出します。

それから2年経って、目の病気がわかりました。
その瞬間、あのときの星空が思い出されて、
静かに涙がこぼれました。

とてもありがたかったから。
なかなか会えなくなった、
その友達のことも思い出しました。
あの人がいなかったら、
あの美しい星空を見られなかったのだと思うと
ぐっときて、すぐにメールを送りました。

「ありがとう。
あなたのおかげで絶景を見ることができた。
心の中で永遠に大事にするよ」

ありがたい
握手

ハワイでのある日。
一度は優雅な気分を味わってみたいと思って、
雰囲気のいいレストランに行きました。
広くて静かなお店。日の光がうっすらと差しこみ、
さらに気分をよくしてくれます。
白くて清潔な色に包まれた店内で、
雰囲気に酔ってしばしご機嫌な錯覚に浸りました。
「わたしはこういう所に来るために
頑張って生きてきたんだ！」という錯覚。

親切な笑みをたたえた案内係にしたがって、
席に座り、メニューを広げました。
うーむ、ステーキは注文が簡単じゃないからなぁ。
焼き加減はどのくらいで、
ワインはどれがいいのか……。

なので、まずこちらから先に伝えました。

「わたし、聴覚障害者なんですけど」

一言言っただけなのに、
ウェイターさんはすぐに理解したように
大きくうなずきました。
そして、微笑んで、ぱっと手を差し出してきたんです。
握手をしようって……。
なんとなく勢いで握手をしてしまいました。
びっくりしたけれど、嫌ではありませんでした。
なんかこう、「なにが問題？　心配ないですよ！」と
言ってくれているような気がして。

無事に注文を済ませて、ワクワクしながら
料理を待つ幸せな時間が始まりました。
ところが、店内を見まわすたびに、
さっきのウェイターさんとすぐに目が合うんです。
わたしのことを
とても気にかけてくれているような……。
わたしだけに意識を集中してくれているような……。
ありがたいことに、
わたしが彼を呼ぶのに困らないように、
常に視線をこちらに向けてくれていました。
目が合うたびに、温かい笑みも飛んできます。
おかげで、おいしい食事をしながら、
心まで温まる時間を過ごすことができました。

気分よく食事を終えたあと、
暑くも寒くもない心地よい風を感じながら
歩いていると、
おばあさんから声をかけられました。

今回もよく聞き取れなくて、
聴覚障害者だと伝えました。
すると、おばあさんはごそごそとスマホを取り出して、
メモ帳になにか入力し始めました。

ここでまもなくパレードがあります。
30分後に。

ぜひ見ていってね！

それで、思いがけずパレードを見られました。
音は聞こえないけれど、
見ているだけで陽気な音楽が伝わってきました。
カラフルな色は目に楽しく、
元気いっぱいのダンスに胸が躍ります。
急いでいた人たちも
みんな足を止めてその瞬間をともにし、
いっぱい握手もして、とても楽しい時間でした。
一人が嫌で逃げ出してきたハワイで、
とてもたくさんのものをもらった気分になりました。

ありがとう、ハワイ！

本物の
サンタクロース

わたしは長いあいだ、
サンタクロースがいると信じていました。
なんと小学4年生まで！
初めてサンタクロースの存在を知った8歳のときから、
いつも12月24日は大忙しでした。
皿洗いをして（母がダメだというのを無理やりにでも！）、
重たい布団を畳んで
ひいひい言いながら押し入れにしまい、
夜遅くまで窓を開け放ってずっと外を眺めていました。
サンタクロースが入ってきやすいように。
翌朝、目も開けないうちから枕元を探り、
なにかが手に触れると、
すぐに笑顔になって飛び起きました。
欲しかったものじゃないときもあったけれど、
いつもプレゼントがありました。
だから、サンタクロースはいるって信じていたんです。

それが、小学4年生のとき、
親友がまじめな顔でこう言うんです。
「サンタクロースはいないよ。
お母さんが言ってたもん」
怒ったわたしは親友と大ゲンカして、
一週間、口もききませんでした。
考えれば考えるほど悔しくて、母に尋ねてみました。
「お母さん、サンタクロースっているよね？」
すると、母はケタケタ笑って、いないって言うんです！
幼心にショックを受け、
現実を受け入れるまで長い時間がかかりました。
そして、そのうちだんだん忘れてしまいました。

ところが！
フィンランドにサンタクロース村があるという話を
耳にしたんです。

サンタクロースに実際に会うことができ、
手紙を書けば、小さな妖精たちが代わりに
返事を送ってくれるんですって。
最近は韓国語が上手な妖精もいるそうです。
でも、どうせなら手紙より、
実際に会いたいじゃないですか。
そこで、思い切って、
12月にサンタクロースに会いに行きました。

ロヴァニエミのサンタクロース村までは、
とても遠い道のりでした。
太陽の光が燦燦と降り注ぐのは1時間だけ。
短い夕方のあとは、完全に真っ暗な夜になります。
暗いので、白い雪がより際立って見えるほどでした。

ロヴァニエミはとても小さな町でした。
ちょうど『赤ずきん』に出てくる
森のような感じ。
夜遅くに市内に到着したのでまずは眠り、
翌朝サンタクロース村に出掛けました。
サンタクロースと約束をしたわけでもないのに、
向かうあいだじゅう、胸がドキドキしました。
「会ったらなんて言おうかな。
会って、ぎこちなくなったらどうしよう」
到着したら、うわぁ、人でいっぱいです！
サンタクロースに会うための、
長い長い行列ができていました。

全世界からの訪問客を
一人一人迎え入れるサンタクロース。
壁一面に、ここを訪れた有名人の写真が
飾られていました。
20分待って、ついにサンタクロースと対面です！

いやぁ、それはそれは大きな方でした。
背が190cm以上はありそうで、恰幅がよく、
白いひげも長くて実にふさふさ。
サンタクロースに近寄って照れながら挨拶をし、
お話が聞き取れなかったら困るので
聴覚障害者だと断って、
韓国から会いに来たと伝えました。
すると、大きくうなずいて、喜んでくれました。

そして、
わたしを子どものように
ぎゅっと抱きしめてくれました。

とても短い時間だったけれど、
温かい手と胸は
ずっと、ずっと記憶に残るでしょう。

たまには
こんな日が
あっても

わたしは昼間からお酒を楽しむほうではないけど、
ときどき、あるじゃないですか。
なんだかビールを一杯やりたくなる、そんな日が。
パリの好きな通りで、日当たりのよい席に座って、
道行く人々のいろんな姿を静かに眺めながら、
想像してみます。
あの人の人生には、
どんな物語が詰まっているのだろう……。
そして、陽の光を受けて美しく輝くビールを
一口飲んで、じっと観察します。
そうやってちびちびとグラスを空けて、
気分よく店を出るんです。

ありきたり
だけど笑える話

偶然、かわいらしい雑貨が並んだ店を見つけました。
すっと通り過ぎそうになった瞬間、
なにかに好奇心を強く刺激され、入ってみました。
すると、ふっくらを通り越してでっぷりした、
魅力たっぷりの猫のフィギュアが、
でーんと置かれていたのです。
ひとつはグレーが美しいロシアンブルー、
もうひとつはベージュから濃いココア色まで
グラデーションになったシャム。
そう、うちの猫はシャムなんです。名前は「ココ」。
これはココのおデブバージョンかと、
とても嬉しくなりました。
興奮したわたしは、すぐさまお店の人に言いました。

「あれ、ください！　買います！」
すると、お店の人がにっこりして、
下のほうから袋を取り出しました。

それはいろんな猫の絵が描かれた袋でした。
でも「どんな猫」が入っているのかは
書かれていません。
怪しいと思って尋ねました。

「これ、シャムですよね？」
「はい、そうですよ」
「絶対ですか？　本当にそうですか？」
「ええ、入ってますよ」
「おかしいなぁ。どうしてどこにも
シャムって書いてないんですか？」
「あ……、ランダムなんです」

あ、ランダムなのか。
じゃあ、ガチャガチャみたいなもんね。
それで、値段を聞いてみたら、
1個11,000ウォン（約1000円）もするんです！
ガチャガチャにしては高いですよね。
でも、ココがどうしても欲しかったわたし。
「とりあえず、1個だけ買ってみよう」
ひとつひとつじっくり観察して、
勘を信じてみることにしました。
そして、選んだものをお会計して、
その場で開けてみると……、

出てきたのは
この子でした！
あ〜あ！

挫折するにはまだ早い。
ということで、再び呪文を唱えるように
「ココが出ますように！」と念じて、
慎重にひとつ選びました。

出てきたのはこの子！　う〜ん……。

その瞬間、理性を失ったわたしは、
最後まで諦めないぞ、という気持ちになりました。
ココが出るまでやってやる！
急いで小銭をかき集めて袋をひとつ手に取り、
すぐさまお会計を済ませて、
悲壮な覚悟で開封しました。

きゃぁ〜〜!!
喜びが波のように押し寄せてきて
思わず黄色い歓声をあげてしまいました。
3回で出てくれて、本当にありがとう!

虚しかったけど、
それなりに特別だった
2泊3日の思い出

去年の夏、いつも忙しい母と、
兵役が終わったばかりの弟と、
みんなで時間を合わせて2泊3日の旅行に出掛けました。
夏の蒸し暑さを避けて、
涼しい平昌＊へゴーゴー！
久々の家族旅行です。

オフシーズンなので、素敵なホテルを
リーズナブルにおさえることができました。
シングルベッドがひとつと、ダブルベッドがひとつの、
三人で寝られる大きな部屋。
清潔感あふれるおしゃれなインテリアは、
目を楽しませ、心までほっこりさせてくれました。
雨で、外に出るのが面倒になったわたしたち家族は、
ホテル1階のレストランに行くことにしました。

＊2018年に冬季オリンピックが開催された街

そこは韓牛のお店でした。
しかもホテルのレストランなので、
とっても高いんです。
一番手頃なのは韓牛入りテンジャンチゲ*でしたが、
それでもいいお値段です。
そのとき、弟がなんてことない表情で
こう言ったんです。
「俺がおごるよ！　食べよう！」
母とわたしはびっくりしました。
みんなでおいしくいただいたあと、
レジにスタスタと歩いていき、
クレジットカードを差し出す弟の姿を見ていたら、
なんだかじーんとしてしまいました。
この子も大人になったのね。

＊野菜や豆腐などを朝鮮味噌で煮た辛くない鍋料理

残念ながら、平昌に滞在するあいだ、
雨は一時もやむことなく降り続けました。
本当に恨めしいくらいに。
羊の放牧を見に行きましたが、その日は、
羊を保護するために野に出していませんでした。
外を歩きまわろうにも雨がひどくて大変なので、
さっさとホテルに帰ってくるしかありません。
次の日もどこにも出掛けず、
部屋で映画を見て終わりました。

郵便はがき

| 1 | 5 | 0 | - | 8 | 4 | 8 | 2 |

お手数ですが
切手を
お貼りください

東京都渋谷区恵比寿4-4-9
えびす大黒ビル
ワニブックス 書籍編集部

―― **お買い求めいただいた本のタイトル** ――

本書をお買い上げいただきまして、誠にありがとうございます。
本アンケートにお答えいただけたら幸いです。
ご返信いただいた方の中から、
抽選で毎月5名様に図書カード（500円分）をプレゼントします。

ご住所　〒

TEL（　　　-　　　-　　　）

（ふりがな）
お名前

ご職業

年齢　　　歳
性別　男・女

いただいたご感想を、新聞広告などに匿名で
使用してもよろしいですか？　（ はい・いいえ ）

※ご記入いただいた「個人情報」は、許可なく他の目的で使用することはありません。
※いただいたご感想は、一部内容を改変させていただく可能性があります。

●この本をどこでお知りになりましたか?(複数回答可)
1. 書店で実物を見て　　　　　　2. 知人にすすめられて
3. テレビで観た(番組名:　　　　　　　　　　　　　　　)
4. ラジオで聴いた(番組名:　　　　　　　　　　　　　　)
5. 新聞・雑誌の書評や記事(紙・誌名:　　　　　　　　　)
6. インターネットで(具体的に:　　　　　　　　　　　　)
7. 新聞広告(　　　　　新聞)　8. その他(　　　　　　　)

●購入された動機は何ですか?(複数回答可)
1. タイトルにひかれた　　　　　2. テーマに興味をもった
3. 装丁・デザインにひかれた　　4. 広告や書評にひかれた
5. その他(　　　　　　　　　　　　　　　　　　　　　　)

●この本で特に良かったページはありますか?

●最近気になる人や話題はありますか?

●この本についてのご意見・ご感想をお書きください。

以上となります。ご協力ありがとうございました。

味気ないでしょ？
特別な思い出が作れたわけでもなく。
最終日、そのまま家に帰るのは心残りで、
一ヶ所でも寄っていこうと動き出したところ、
ようやく雨がやみました。

あぁ、本当にひどいでしょ？
家を出るときからあんなに降っていた雨が、
帰る頃になったらやむなんて。

虚しかったけど、これも思い出ですよね？

ハワイで出会った
奇跡

35歳を迎えた年、
記念として思い切って旅行に出ることにしました。
本音を言うと、記念というより、逃げたかったんです。
35歳を迎えることから。
心は20歳から成長していないような気がするのに、
現実の年齢が信じられなかったし、
信じたくもなかった。
そのくらいの年になれば隣に誰かいるだろうと、
数えきれないくらい想像してきたのに、
実際には一人だったから。

意を決して飛び立ったハワイ。
ですが、そこは新婚旅行でよく行く所なんですよね。
そのことをすっかり忘れていました。しまった！
けれどもそこで、
すべてふっきれるような奇跡が起こりました。

ハワイといえばショッピング！
ショッピングといえばアウトレット！
「掘り出し物」を求めて、無我夢中で見てまわりました。
頼まれものもあったので、友人と母に商品写真を
送って、母が一番気に入るものを探しました。

そのとき、小麦色の肌に黒いカーリーヘア、
すらりと背が高く、
きれいに並んだ白い歯が見るからにすがすがしい、
韓国人と思われるとても洗練されたスタッフが
声をかけてきました。
「わたしは耳が聞こえません。
なんとおっしゃいました？」
彼女は「あぁ！」と大きくうなずくと、
急に好奇心がわいたみたいです。

そして、また話しかけてきました。

「一人旅ですか？」
「はい、一人で旅行しています！」
「おぉ、すごいですね！」

彼女は韓国系アメリカ人だったみたいです。
韓国語はほんの片言で、
ほとんど英語でしゃべっていました。
でも、それは重要じゃありません。
どうせわたしは、
韓国語だってちゃんと聞き取れないのだから！
ひとつの店に長居したので、
彼女といつの間にか仲良くなりました。

母の気に入りそうなデザインをおすすめしてくれたり、
わたしに似合うバッグも選んでくれたりしたうえに、
荷物まで預かってくれました（4時間もいたので……）。
会計をしにいくと、
彼女はレジのスタッフになにか説明したあと、
「心配しないで、ちゃんと言っておいたから！」と
にっこり笑って出ていきました。
おかげでコミュニケーションの問題もなく、
スムーズに支払いを済ませて、
店を出ようとしたところで、彼女とまた会いました。

「帰るの？」
「ええ、もう帰らなくちゃ」

その瞬間、彼女の顔いっぱいに
名残惜しそうな色が広がりました。
そして、わたしの頬をやさしく、
ゆっくりとなでてくれました。
その目には名残惜しさとともに愛がこもっていました。

ショッピングモールで出会っただけなのに、
短い時間で、こんなにも情がわくということが
わたしには特別な思い出として心に残りました。

買い物をしているあいだに、外はいつの間にか
日が暮れて、濃い闇に包まれていました。
あたり一面、真っ暗です。
わたし、夜になるとなんにも見えないんです。
タクシーを呼んだものの、
"アウトレットモールには入っていけないので、
どこどこで会おう" と、
歩いて10分くらい離れた場所を指定する
メッセージが届きました。

両手は買い物をした袋でいっぱいです。
けれど、わたしは落ち着いてグーグルマップを
立ち上げ、地図が指し示す方向へとゆっくり、
慎重に足で地面を探りながら歩いていきました。
するとしばらくして、大通りに出ました。

道を渡らないといけないのですが、
夜は交通量が少ないので、
むしろスピードを出すのにいいんですね。
ビュンビュンと、ものすごいスピードで走っていく
車のせいで、ちっとも渡れる気がしません。
わたしはぼーっと闇を見つめて、
立ち尽くすしかありませんでした。
目の前ではヘッドライトの光が
せわしなく行き交っています。

そのとき、わたしの前で一台の車が停まりました。
すると、隣の車道でも停まり、
隣の隣の車道でも停まり、
ずらりと何台も停まってくれたんです！
車のライトの奥にかすかに、
渡れというジェスチャーも見えました。
目でお礼を言って、急いで渡りました。

道を渡っているあいだ、
感動で体が痺れるようでした。

けれど、それで終わりではありませんでした。
わたしに前が見えるようにと、
ある車が後ろからずっと照らしていてくれたんです！
おかげで無事にタクシーの運転手さんと
会うことができました。

あの4車線の奇跡。
今でも鮮やかに覚えています。

思ってもみなかった
所に

「わたしは結婚できないだろうな」
結婚に対する思いを諦め、パリへと旅立ちました。
けれど……完全には諦めきれないでいたみたいです。
内心、映画に出てくるような
運命的なロマンスに期待している自分がいました。

だってパリじゃないですか！
ロマンチックな都市、パリ！
カフェで一人お茶を飲んでいたら、
誰かが声をかけてくるのでは？
美術館で絵画を鑑賞していたら、
また別の誰かに声をかけられたりして？

でも現実は、やっぱり現実でした。
わたしは夜になると、なんにも見えないんです。
だから、暗くならないうちに
急いで帰らなくてはなりません。
まるでシンデレラになった気分……。
昼間にせっせと動きまわりましたが、
だいたいどこも観光客でいっぱいでした。
カップルもしくは夫婦、はたまたご老人。
わたしが夢見ていた運命的な出会いは、
起こりませんでした。
毎日ただ宿に帰ってきて、シャワーを浴びて、
ふかふかのベッドに横になって
スマホばかりいじっていました。

そんな夜には、
その頃よくおしゃべりをしていた子から、
「あ〜あ！　パリで素敵な男性と
出会えずに部屋にこもっているなんて！」と
気の毒がられました。

そんな風に、わたしたちは毎日おしゃべりをしました。
ある晩、一人でビールを飲んでいると言ったら、
その子が写真を一枚送ってきました。
「一緒に飲もう！」
それは、自分もビールを手にしている写真でした。
こんな経験は、平凡なことのようだけど、
なんだか新鮮でした。
一人だけど、一人じゃない感じ。

そうやって……
思ってもみなかった相手が
わたしの夫になりました。

それでも一歩
進んでみます

雲の中の
ベニー

セブ行きの飛行機。
今回のフライトはちょっと揺れました。
シートにじっと体をあずけて、
窓の外をぼんやりと見ていました。
小さな窓の外には、綿あめのような、
けれども、雨模様で灰色に濁った雲が
いくつも飛んでいきます。
思わず見とれてしまいました。
そのとき、心の中でリズミカルな音楽が
鳴り始めました。

リズムが全身に広がるのに合わせて、
ベニーがちょこんと出てきました。
小さなベニーは余裕の表情で
雲のあいだをすり抜けたり、軽快によけながら
すいすい飛んでいました。
その様子を言葉で説明するのは難しいんですけど。

心から
感動した一言

ボランティアで訪れた、
ウガンダのベセスダ・メディカルセンター。
そこで5日間を過ごしました。
観光はおろか、食事の時間以外は座ることも
できない状態で、朝の8時から夜の7時までずっと。

医療陣でないわたしは、手術の準備を担当しました。
待合室で患者さんを出迎え、順番通り席に案内し、
カルテを確認して、
麻酔の目薬と瞳孔を広げる目薬をさす仕事。

もうすぐ手術の順番が来る3〜4人の患者さんには
1分間隔でさし、手術が始まったあとは、
待っている20〜30人の患者さんに5分間隔で順番に。
そうやって、134人の患者さんと会いました。

待合室で何時間も待つあいだ、
手持ち無沙汰になった患者さんが、
わたしと係の人に話しかけてくることがありました。
そのたびに係の人が説明してくれました。
「この方は耳が聞こえないんです」
すると、患者さんたちは納得したような顔になり、
それ以上話しかけてきませんでした。

わたしは、まなざしと表情だけで言葉をかけました。
「手術を待つあいだ、
どんな気持ちだろう……きっと不安だよね」
なので、目薬をさすたびに毎回、頬を両手で包んで、
にっこり笑ってあげました。
すると、それが通じたみたいなんです！
手術が終わって帰る患者さんがわたしの所に来て、
ゆっくり、口を大きく動かして言ったんです。

Thank You.

あの唇の動きは忘れられません。
ずしりとした感動が押し寄せてきました。
多分、手術のあとは、
早く家に帰りたい気持ちが大きかったと思うんです。

長く待たされてくたびれたはずだし、
手術も痛かったでしょうから。
お医者さんにだけお礼を言って
バタバタと帰るのが精一杯でも、
おかしくないのに……。
一番小さな仕事をしたわたしを
忘れないでいてくれたことに、本当に感動しました。
一日中立ちっぱなしで
パンパンにむくんだ足の痛みまで、
すっかり忘れさせてくれる一言でした。

ロシアでの一食目が
カップラーメン
だなんて

アジアは何度も行ったし、ヨーロッパは遠いし……。
短い時間でいつもと違う雰囲気を味わいたいなら、
ウラジオストク！
飛行機で、たった2時間しかかからないんです。
そういうわけで、
わたしたち夫婦はウラジオストクへと旅立ちました。
なのに、初日から悪天候に見舞われ……。
前が見えないくらいの大雨に降られてしまいました。
傘？　傘なんて全然用をなしません。
ダウンジャケットもびしょびしょに
濡れてしまいました。うぅっ。

でも、一番近い所にあったお店が
韓国系スーパーだったので、嬉しくなって、
すかさず入りました。

入ってみると、たしかに韓国系スーパーでは
あるんですが、店内はロシア語だらけで、
見たこともない食べ物が並んでいました。
むむむ。無難なところでラーメンに決めました。
すごくお腹が空いていたけれど、
どうせならおいしく食べたかったので。
こうして、カップラーメンが
ロシアでの最初の食事になりました。

濡れて重くなったダウンジャケット姿で、
ホテルに到着しました。
温かいシャワーを浴びて、
肌触りのよいパジャマに着替えて、
コーヒーポットでお湯を沸かして、
はやる心でカップラーメンに注ぎました。
あ、しまった。お箸!!
お箸がないことに、今頃気づくなんて!

これまでの考えが変わった
新しい経験

こんな話をしてもいいのかわからないのですが。
韓国を離れて新しい空気、
見ず知らずの土地を満喫したいのに、
そこに韓国人がたくさんいると、
目新しさが減って、また別の韓国に来ているようで
残念に感じるときがありました。

けれども、ウラジオストクはむしろその反対でした。
英語を話せる人があまりいないと聞いてはいましたが、
実際に行ってみると、本当にそんな感じで。
ロシア語だらけのウラジオストクで、
どれがおいしいのかメニュー選びに苦労もしましたが、
ネットで韓国人旅行客の書き込みを見て、
おいしいお店をすぐに見つけることもできました。
韓国語のメニューもちゃんとあったりして。

おかげで、苦労せずにおいしい料理をお腹いっぱい
味わうことができました。
やっぱり、韓国人の情報力ってすごい！
新しい気づきと満腹感でご機嫌になって、
ウラジオストクの繁華街に行きました。
繁華街とはいっても、とても静かで、
小さなヨーロッパみたいで素敵なんです。
散歩をする楽しみがたっぷり詰まった街。

おいしいと評判のカフェでコーヒーを注文し、
空いているベンチに適当に座って、
ちょっとひんやりするけど
寒くはない空気に当たっていると、
それだけで「癒やし」の時間になりました。

バイクの
ツンデレ運転手さん

暑くてごちゃごちゃしたバンコクは、
歩いて移動するのが大変です。
だから、わたしはいつもバイクタクシーを
愛用しています。
狭い所をビュンビュンすり抜けていくのは
スリル満点で、風は暖かいのに
涼しく感じられるところが好きなんです。

ありがたいことに、宿の近くに乗り場がありました。
2回くらい利用したあとは、その運転手さんが見えると、
嬉しくて挨拶するようになりました。
そのたびに、運転手さんは
無愛想にさっと手だけあげてくれます。
わたしがにっこり笑って行き先を告げると、
クールに料金をまけてくれて、乗れと言います。

最初はヘルメットの留め方がわからなくて、
照れ笑いを浮かべて頼んだら、
無愛想だけど、快くやってくれました。
たくさんのお客さんを乗せるのに、
わたしのことを覚えていてくれて、
乗るたびにいつもヘルメットをかぶせてくれました。

ありがとう、ツンデレ運転手さん！

バンコクの市場で
会った少女

チャトゥチャック・ウィークエンドマーケットを
見て帰るとき、不意に一人の少女が
目に飛び込んできました。
楽器の名前はわからないけど、
演奏してお金を稼ごうとしているようで、
少女の前には空き缶が置いてありました。
けれども、誰も見向きもしないので
少女はやる気をなくしてしまったのか、
中途半端に楽器をいじっています。
わたしは遠くからずっと見守っていましたが、
少女はとても疲れているように見えました。
わたしの心が「手持ちのお金だけでも
あの子に分けてやりなさい」と言っていたので、
ためらうことなく近づいていき、
交通費だけ残して、お金を全部缶に入れました。

すると、少女はとても驚いたようでした。

そして、顔をあげると、さらに当惑したようでした。
外国人のわたしに向かって
なんと言えばよいのかわからないようで、
とまどった表情でしばらくわたしを見つめていました。
わたしはただ微笑んで、帰ってきました。
帰ってくるあいだじゅう、
そしてホテルに着いてからも、その日の夜までずっと
少女の姿が目にちらつきました。

どうしてわたしの目に入ってきたんだろう。
視野が狭くてよく見えない目に、
どうしてあんな風に入ってきたんだろう。
昨日なんて、車が来ないか
あんなにきょろきょろ確認したあとでさえ、
バイクとぶつかりそうになったのに……。
そんなわたしの目に、
どうしてあの子が入ってきたんだろう。

そして、気づきました。
あの子とわたしはなにも変わらないということを、
神様が教えてくれたのだと。
あの子が疲れてもその場でねばり続けたように、
わたしもつらくても頑張って生きていれば、
本当に思いがけない所で、
あっと驚くようなことが起こるってことを。
そのことに、なんだかなぐさめられました。

その後もたまに思い出されたあの子。
何年かあとにもう一度行ってみましたが、
もういませんでした。
残念だったけど、ふとこんなことを思いました。
「むしろ、よかったのかもしれない。
もうここに来る必要がなくなったんじゃないかな」

あぁ、そうかもしれない。
学校を卒業して就職したかもしれないし、
それよりもっと素敵なことをしているかもしれない。
うん、そうかもしれない。

心の中で
あの子が幸せに、
元気に暮らしていることを祈りました。

本当に
いいのかな？

世界的に有名なオルセー美術館とルーブル美術館。
オルセー美術館では、チケットを買うために列に並び、
自分の順番が来たので、
まず最初に「わたしは聴覚障害者です」と伝えました。
ミスコミュニケーションを未然に防ぐためです。
そしたら、涼しい顔で、
そのまま入れってジェスチャーをするんです。
「ん？」
びっくりしたわたしは聞き返しました。
「あの、いいんですか？」
相手はただうなずくばかり。
どうするんだろうと思いながらひとまず行ってみると、
入口の所にチケットを確認するスタッフがいました。

でも、見せるチケットがありません。
それで「聴覚障害者なんですが」と言ったら、
ここでも、そのまま入れって言うんです！
なに、なに？　どうなってるの？

そして、翌日。ルーブル美術館に行ったら、
オルセー美術館とはまた違い、
複雑な列がいくつもあって、
人でごった返していました。
チケットをどこで買うのかわからず、
スタッフに聞いてみようと
「聴覚障害者なんですけど」と伝えました。
すると、笑顔を浮かべてわたしの背中に
さっと手をまわし、
入れってジェスチャーをするんです！

わぁ、こんなことってあるんだ！
韓国では障害者カードを必ず提示しないと
いけないのに。
ここは、言うだけでOKなんですね。
不思議な気分でした。

静かな空間での
小さな落書き

こういう時間が、好きなんです。
一人でカフェに行って、小さなノートを広げて、
目に映ったもの、頭に浮かんだものを
片っ端からせっせと描いていきます。

そうやって小さな落書きをしているあいだは、
なにもかも忘れて

完全に自分だけの世界に戻ってきた気分です！

チンタオ
ビール

チンタオといえばビール！　そして、羊肉の串焼き！
この本をご覧のみなさん、
もしチンタオに行く機会があったら、
ぜひ羊肉の串焼きを食べてみてください！
チンタオのは、とってもやわらかいんです。
ソースの種類も豊富で、素朴な味から、
唇がヒリヒリするくらいの激辛まであります。

それから、チンタオビールは韓国でも飲めるけど、
現地で飲むビールはまた違った味。
韓国のはしゅわっと弾ける感じが強いのに比べ、
現地のはのどごしがとってもまろやかで、
さっぱりしています。
ぜひお試しあれ！

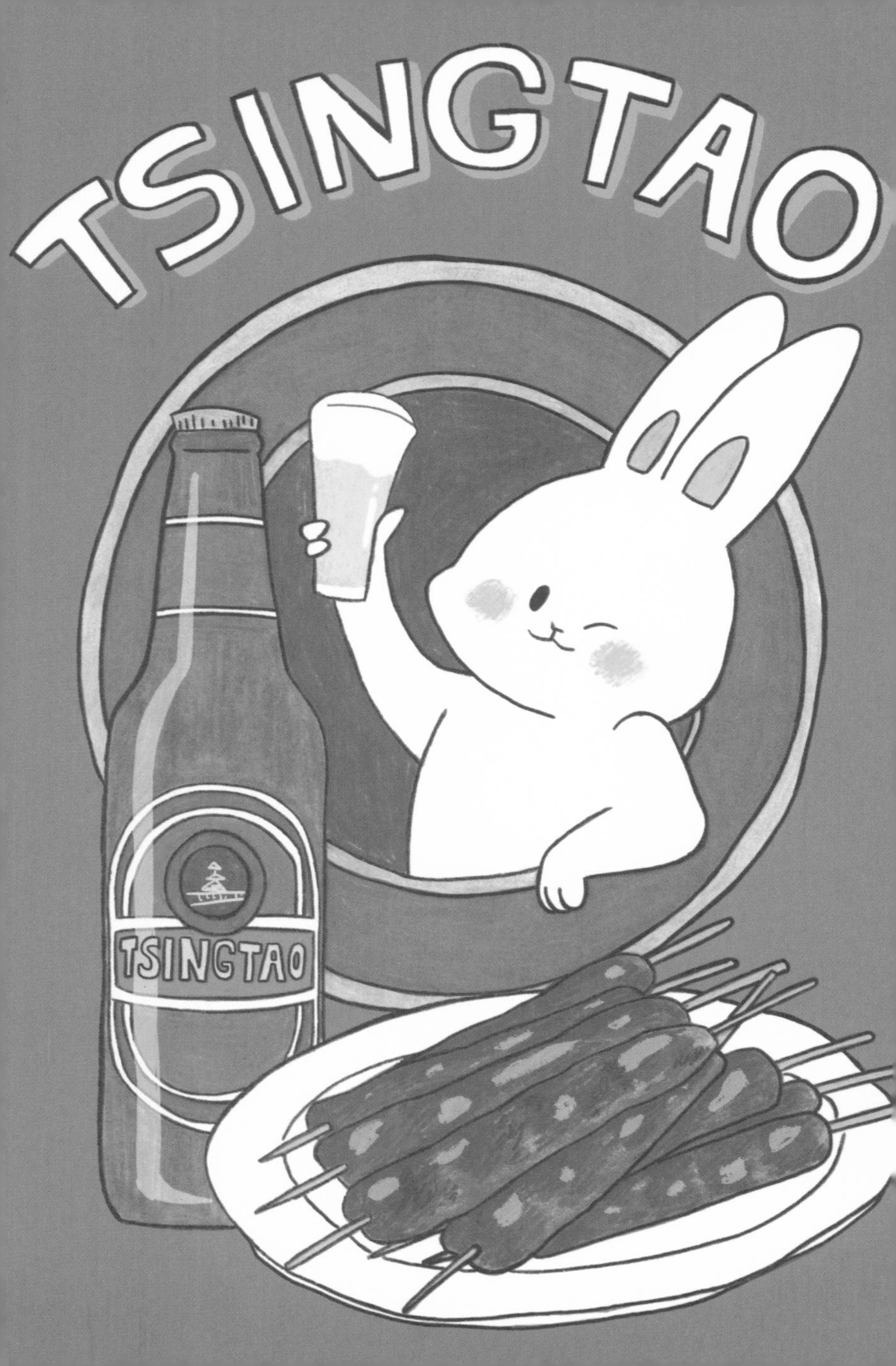
TSINGTAO
TSINGTAO

わたしはチンタオビールとともに、
羊肉の串焼きはもちろん、
豚の耳、羊の腎臓、牛の睾丸までいただきました！
意外とおいしいですよ！

最高の
クリスマス

フィンランドに、
とっても小さいんですが有名な教会があります。
なぜか心惹かれて、そこに行くことにしました。
その教会では「沈黙を守ること」
というルールがあります。
なので、口をぎゅっと結んで入りました。
聞こえなくても、
確かに沈黙を感じることができました。
空気からして違うんです。
しんと静まり返っている感じ。
そして、目を閉じて、
心の中で静かにお祈りを捧げました。
「この瞬間に感謝します」

それから数日後。
極夜のおかげで、一日中、
美しいライトで照らされた街を見ることができました。
もともと暗いとうまく歩けないんですが、
灯りを惜しまないフィンランドは、漆黒の空の下、
どこまで行っても明るいので大丈夫なんです。
うっとりするくらいでした。
歩くことさえ楽しいくらいに。

光を見ながら、心から実感することができました。
「クリスマス」だということを。

本当に最高のクリスマスでした！

わたしだけが
知る名店と
思いきや……

福岡の人通りの少ない路地。
ある食堂がわたしに手招きしてきました。
「いらっしゃい」
レトロ感たっぷりの、小さなお店です。
東洋と西洋が絶妙に混じりあった感じというか。
ちょっと気になって、入ってみました。

中の様子も、外観とそれほど違っていませんでした。
日本らしい感じを残しつつも、
あちこちに店主の感性がにじみ出た、
アナログ感、レトロ感。
要するに、穏やかな日本映画に出てくるようなお店。

あまりに素敵で、心の中で「キャー」と叫びました。

OPEN

LUNCH

お料理はどうなんだろう。
味までよかったら、これってわたし、
大発見じゃないの?!

軽い興奮を覚えながらメニューを開いてみました。
最初に目に飛び込んできたのは、オムライス。
日本といえば、やっぱりオムライスだよね。
悩まずに、すぐに注文しました。

料理が出てくるまで、
店内をぐるっと見てまわりました。
本当に面白い小物がいっぱい。

店主は30代後半と思しき男性の方でした。
無精ひげを生やし、
首元がちょっぴり伸びてくたっとした
紺色のＴシャツにジーンズ。
世の中がどうまわっているかなど関心がなさそうな、
クールな表情。
でも、意外と豊かな感性を
お持ちかもしれないと思いました。
小物たちがそれを物語っていましたから。
子どものような心を持っているんだろうと。
もしくは、アナログな感性を愛する豊かな心？
あれこれ推測を呼ぶ古いおもちゃが
いくつか飾られており、日本語が書かれた額と写真、
絵もいくつかかかっていました。

ニンマリしながら見ていたら、
早速料理が出てきました。
うわぁ！　料理のビジュアルも最高です。
ドキドキしながら最初の一口を口に運んだ瞬間、
全身がとろけるかと思いました。

なんておいしいの！　言葉にならない！

ペロリと一皿平らげてしまいました。
パンパンに膨れあがったお腹をさすりながら、
レジに向かいました。
そして、店主につたない日本語で
にこやかに言ってみました。
「おいしい！」

最初は聞き取れなかったようですが、
すぐに理解して、無表情でうなずきました。
わたしはめげずに言葉を続けます。
「お店の住所を教えてください。
それか、ショップカードありますか？」
すると、きっぱり断られてしまいました。
ちょっぴりきまりが悪かったけど、
同時に尊敬の念もわきました。

わぁ、本当に自分だけの確固たる哲学を
持った人なんだ！
常連さんだけのために、こぢんまりと営業したいのね！

その信念が、とてもかっこよかったです。
なので、不快ではありませんでした。

それに、幼稚な優越感も生まれました。
「うん、わたしだけが知る隠れた名店だもんね！」
ほかの人は知らないおいしい店を
自分だけが知っているという、優越感と恍惚感。
名残惜しいのでもう一度来ようと決心して、
宿に戻ってスマホで検索してみました。
「福岡　オムライス　おいしい店」で検索したけど、
そのお店は出てきません。
おほ、いい感じ！

翌日、
今度は日本語が読める友人を連れて行きました。
すると、お店の看板を見つけて、読んでくれました。

「おむや」だと。
おぉ、「おむや」っていうのか。
そうしたら、友人が脱力した顔で
スマホを見せてくれました。
「福岡　おむや」で検索したら、
ずらずらとこれでもかというくらい
ヒットしていたんです。

やれやれ！

そこで
また会いましょう ❤

冬の
海雲台
（ヘウンデ）✱

夏の海雲台*が活気に満ちてにぎやかだとすれば、
冬の海雲台は穏やかでひっそりとしています。

寒いので、襟元をかきあわせ、
マフラーもぐるぐる巻きにしないといけないけど、
そんな中、静かな冬の海を見ていると
釜山に来るまで抱えていたたくさんの悩みが
一瞬にして消える魔法を味わえます。

ウキウキした夏には感じられないものです。
そう、ちょうどこんな感じかな。
第一印象が冷たい人。
だけど付き合ってみたら、物静かだけど、懐が深くて。
その人と一緒にいると、落ち着く感じ。

*釜山にある韓国を代表するビーチリゾート

世界で一番
素敵な女性

ホノルルのエメラルド色のビーチで、
ある女性が目にとまりました。
最初はなんとなく目に入っただけでしたが、
よく見ると、その女性は白い杖を持っていました。
視覚障害者のための白杖。

とても印象的でした。本当に素敵だったんです。
小柄な彼女は、リボンのついた大きな麦わら帽子に、
大きな青い花柄のリゾートワンピースを着て、
こげ茶色に輝くゆるいウェーブのかかった
ロングヘアをしていました。
一番まぶしかったのは明るい笑顔です。
少女のようにさわやかに笑って、
楽しそうにおしゃべりしていました。
今まで会った人の中で一番輝いていて、
一番きれいでした。

どれだけまぶしかったかというと、
輝きすぎて、
目鼻立ちがはっきり見えないくらいでした。

どうしてそんなに素敵なのか、
わかるような気がしました。
白杖の存在がまったく感じられないくらい、
軽快な足取りだったんです。
普通、杖を手にすると、
自分でも気づかないうちに動きがゆっくりになり、
一歩一歩踏み出すのがためらわれ、
慎重になりがちなのに、です。

女性のとなりに、夫とみられる男性がいました。
その男性が心の底から、
惜しみない愛を注いでいるようでした。
（見ず知らずのわたしの推測にすぎないけど……）

目が見えない彼女のために、
よく似合う服を着せてあげて、
自分も青い花柄のシャツに白いズボンをはいて、
頭にはやはり麦わら素材のフェドラハットで
シミラールックにしていました。
彼女は彼と腕を組んで、ぴょんぴょん跳ねるような
足取りで元気よく歩いていました。
彼は彼女の話を聞きながら、ずっと笑っていました。

あんなふうに、愛情を惜しまない彼。
そして、彼女の彼に対する深い信頼。
それで、世界で一番素敵な女性に見えたんだろうな。

本当に、羨ましかったです。
そして、心から自信を持って言えます。

この世で一番素敵な女性を見たと。

旅先での
ご褒美

たまには、こんなことをしてみるのもいいですよ。
取るに足らないような小さなことだけど、
意味のあること。

自分へのプレゼントにケーキを買って
自分を「よしよし」しながら
一口食べること。

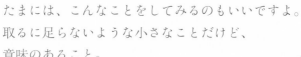

幼い頃の思い出が
次々と

仕事でチンタオに行きました。
移動中、特に目についたのが柳の木。
ヘアアイロンで巻きかけの
長い髪のような枝をだらりと垂らして、
ずらりと終わりの見えない行列を作っています。
そして、さらさらと風とともに挨拶をしてきます。
あたりには白い綿毛がふわふわ、
踊るように飛んでいます。

「社長、あの白いのはなんですか？」
「あれは柳の種ですよ」

柳の木は、懸命に種を飛ばしていたのです。

まるで歓迎の挨拶のようでした。
それを見ていたら、最初は嬉しさが、続いて、
幼い頃の思い出がむくむくとこみあげてきました。

子どもの頃は、
どこへ行っても柳の木があったのに……。

写生大会で、いつも背景に
柳の木を描いていた記憶があります。
いつの間にか、国内では
柳の木を目にしなくなったことに気づきました。
そして、自分自身が
柳の木の存在を忘れていたという事実にも。

柳の木だけではありません。

道を歩いていて、ふと目にとまったあるもの。
小ささとかわいらしさに、
思わずキャーと叫びそうになりました。
体を寄せ合うヒヨコたちでいっぱいの箱です。
それを見た瞬間、子どもの頃に学校の前で買ってきた
ヒヨコを思い出しました。

見ているだけで幸せな気分になる黄色いヒヨコ。
母に毎回怒られても
その悶絶しそうなほどのかわいらしさに
すっかりやられて
買わずにはいられなかったヒヨコ。

両手でそっと包んで、ダッシュで家に帰り、
適当な箱で小屋を作ってあげて

名前もつけて、
かわいらしさにデレデレ笑って幸せだったこと。
なのに、一日もしないで天国に行ってしまって
悲しかったことなどが、みんな思い出されました。

ノスタルジーにたっぷり浸った時間でした。

小さな誤解、
それから
自分のための時間

講演のために出掛けた大邱*。
特別にお付き合いのある方が
ホテルを予約してくださったのですが、
エレベーターで偶然「タイ古式マッサージ特別割引」
という貼り紙を目にしました。
おぉ、タイが大好きなわたしには嬉しい広告！
ドキドキしながら、ショップのある階のボタンを
強く押しました。
ドアが開くと、華やかな白で飾られたカウンターが
まず目に入りました。
目鼻立ちのはっきりした
きれいな女性がまぶしい笑顔で挨拶してきます。
いろいろ説明を聞いてみたら、ホテルのマッサージに
しては料金も手頃なようでした。
よし、自分へのご褒美だ！

わたしは笑顔で「はい、やります！」と
元気いっぱいに答えました。

＊韓国の南東部にある人口第４位の都市

ところで、その女性の様子をじっと見ていると……
ふむ。どうもタイ人のようです。
好奇心がわいて、尋ねてみました。
「もしかして、タイの方ですか？」
「はい！」
わぁ、嬉しいな。タイの女性は東洋と西洋が
調和した感じでとっても素敵なので。
「やっぱり。きれいなので、そうだと思いました！」
「ありがとうございます」
「わたし、タイの女性って本当にきれいだと思うんです。
エヘへ」
「まあ、本当ですか？」
「ええ。わたし、バンコクに3ヶ月住んだことがあって、
今もよく行きます」
「うわぁ！」

嬉しくなったわたしは、
少し話せるタイ語も得意気に披露してみました。
彼女もおおげさに反応してくれました。
おかげでますます気をよくしたわたしは、
さらに質問をしました。
「韓国に来てどれくらいですか？
韓国語がとてもお上手ですね」
「はい？」
「韓・国・は・何・年・目・で・す・か？」
「え？　わたし、韓国人ですけど」
「え？」
……。
二人のあいだに、
しばし混乱したような沈黙が流れました。
あぁ、ようやく状況が把握できました。
わたしの発音のせいでした。
「タイ*」が「大邱」と聞こえたようで、

＊韓国では泰国と書いて「テグッ」と呼ぶ

「大邱の方ですか？」「はい！」という
やり取りをしていたわけです。
あとから理解した彼女と、
二人で爆笑してしまいました！

そしてマッサージの時間。
重い体をひきずって、部屋に入りました。
眠気を誘うオレンジ色の照明の下、
タイに来ていると錯覚するような異国的な香りを
かぎながら、ベッドに横になりました。
セラピストさんが力を入れてあちこち揉むと、
体が思わずビクリ。

「お仕事、お忙しいんですね」
「はい？」
「肩と脚がガチガチに凝ってますよ。
腰もちょっとよくないし。

いすに座っている時間が長いみたいですね」
「そうなんです」
「今日のマッサージだけでは
全部ほぐれないと思います」
「あ……」

突然、胸が詰まりました。
自分自身に申し訳なくて。
前だけを見て必死に走っていると、時間に追われて、
ほかに目を向ける余裕がなくなり、
あとまわしになってきた自分。
いつの間にか体が悲鳴をあげていたんですね。
頑張って走ってきた自分の姿を
ひとつひとつ思い浮かべるたびに、
申し訳ない気持ちが大きくなりました。
結局、ぽろぽろと涙がこぼれました。

「これからは、
ちょっとだけ自分のため
の時間を持とう」と
心に誓った、
意味のある時間でした。

印象的だった
階段3段分のエレベーター

福岡の有名なショッピングモールで楽しく
買い物をしていたら、お腹からサインが来て、
友人にそっとささやきました。
「ちょっと行ってくるね」
わたしがいた所は本館。
トイレを探してうろうろしていたら、
お店の人が本館と新館をつなぐ連絡通路のそばにある
と教えてくれたので、そちらへ向かいました。
すこし歩いてたどり着いたとき、
ふっとなにかが目に入りました。

本館と新館のあいだは
階段を3段のぼらないといけないんですが、
なんと、そのすぐ横に、
小さな一人乗りのエレベーターがあるんです！

車いすに乗っている方は階段がのぼれないし、
スロープもあるけど、
実際は結構大変だろうと思うんです。
それが、楽に移動してくださいって、
小さなエレベーターがついていて。
階段3段分のエレベーターですよ!!

日本のそういう部分は本当に尊敬するし、
羨ましかったです。
「自分は関係ない」と見過ごしてしまいがちな
ちょっとした所まで、
きめ細かな気配りが行き届いている所は、
本当に見習わなくてはなりません。

彼の真価を
発見

ウラジオストクから韓国に帰る前日、
友人たちへのお土産を買いにスーパーへ行きました。

普通、買い物をするとき、
女の人は慎重ながらもはしゃいでいて、
男の人はただ退屈していることが多いじゃないですか。
ここでちょっぴり自慢すると、
わたしたち夫婦はとっても息が合うんです。
わたしが買おうとしている品物の値段を
隣で夫が電卓に打ち込み、
事前に合計金額を把握するから、
予算に合わせて気分よく買い物ができます。
こういうところは、本当によく合います。

そんなふうにして夫と二人で、
悩みに悩んでお土産を全部選びました。

合計金額は、ウォンに換算すると
5万ウォンのはずでした。
ところが！　レジに行ったら、
10万ウォンだと言うんです。
わけがわかりませんでした。
けれども、問いただすのもなんなので、
そのままお金を払おうとしました。
すると、夫がわたしの手をぱっとつかみ、
「ちょっと待って」と言います。
そして、翻訳機を使いながらロシア語で（もちろん、
怪しいロシア語だったでしょう）お店の人に、品物の値段が
合っているか、ひとつひとつ確認しようとするんです。

「わたしたちの計算が合ってるはずなのに、
どうして2倍になるんですか？」
でも、この質問を翻訳機は完璧に訳してはくれません。

時間はどんどん過ぎていき、
わたしはその状況から解放されたくなりました。

ついせっかちになって、途中で口をはさみ始めました。
「じゃあ、こうしてみたら」
「じゃなければ……」
夫はその状況をなんとしてでも解決しようと
しているのに、わたしがあいだに割り込むわけです。
そのたびに夫はやさしく微笑み、
わたしの両腕をつかんでこう言いました。
「ちょっとだけ待ってて」

その後も、さらに1、2度声をかけてみましたが、
夫はそのたびに同じようにわたしをなだめます。
それで、わたしも少しずつ落ち着きを取り戻し、
状況をじっと見守れるようになりました。

そのとき、感じたんです。
困った状況を解決しようと頑張っているのに、
そばで誰かが口出ししてきたら
思わずイラッとしてしまうこと、
あるじゃないですか?
「ちょっと、黙っててよ!」と怒ったっていいのに、
夫はむしろ、わたしをなだめてくれました。
そんな夫の懐の深さを感じた瞬間でした。

そして、解決しました。
お店の人がひとつずつ確認してみたら、
間違って入力していたことがわかりました。
ミスで2倍になってしまったんです。
お店の人もばつが悪そうに笑って
特別にディスカウントしてくれたので、
和やかな気分で店を出ることができました。

本当に。夫が思わずわたしにカッとなっていたら、
二人して不機嫌な表情で出てきたことでしょう！

気に入ったものは
買っておくこと

旅行の途中で立ち寄ったハーブ園は、
思ったよりずっと大きいものでした。
そこは色とりどりの花で埋めつくされた世界。
ゆっくりと歩きながら、
小さいけれど美しいもので心を満たしていると、
トルコの雑貨を売っているお店を見つけました。

エキゾチックな小物が大好きなわたしにとって、
そこは天国です。
花たちには申し訳ないけれど、
花を見ているときよりもずっと目をきらきらさせて、
夢中で見てまわりました。
中でもわたしの心をとらえて離さなかったのは、
丸い鏡です。
白いふちの上を飾る青い花の中には、
所々に赤い花も交じっている、素敵な鏡でした。
その鏡に映ると、
自分がなぜかきれいに見えるほどでした。

でも、思ったよりいいお値段で。
ちらっと母の顔色をうかがいました。
母は「高すぎ。なんでそんなの買うの？」と
言いたげな表情で、首を横にふりました。
買いたいと言えば絶対に止められるだろうと
わかっていましたが、一度試しに言ってみました。
「お母さん、この鏡かわいいよね。8万ウォンだって」
「高いよ」

結局、ちょっと手に取っただけで、
買わずに出てきました。
あれから2年も経ちましたが、
今でも脳裏にちらつきます。
ですから、
気に入ったものはちゃんと買っておかないと！

バンコクで
考えたこと

バンコクに来て4日目の夜、
髪を乾かし終えて、じっと鏡を見つめていたら、
ふと、自分に言ってやりたくなりました。

「あなたはとても尊くて、
本当にきれい」

直接声に出して言ってみたら、
感極まって、ボロボロ泣いてしまいました。

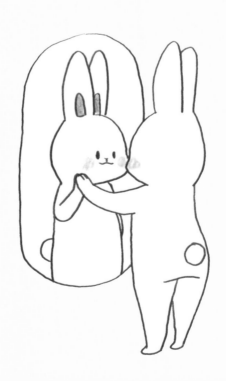

「休」という一文字が頭に浮かび、
なぜか自分に言ってやりたくなりました。

「前だけを見てがむしゃらに走ってきたあなた。
ちょっと休んでいきませんか」

花を見ると、心が明るくなります。

折ろうと思えば
簡単に折れてしまう
か弱い花だって

世の中を明るくする力があるんです。

นานา
Nana E3

バンコクで滞在した街「ナナ」。
発音も簡単で、外国人でも自信たっぷりに言えるナナ。
「カオサン」ではなく「カウッサーン」と言わないと
うまく伝わらないように、どんなに観光が盛んでも、
言葉の壁はあるものです。

でも、「ナナ」は絶対に通じます。
発音が楽だから。
単純だから、楽。

もしかしたら、
人生も単純に生きるのがいいのかもしれませんね。

踊りだす
モネの絵

フランスのジヴェルニーには、モネの庭があります。
モネが暮らしていた家なのですが、
今は多くの観光客が訪れる名所になっています。

朝から、眠い目をこすりながら
ジヴェルニーに向かいました。
だんだんのどかになっていく景色を見ていたら、
すがすがしい気持ちになりました。
特に、名画の中に見るような素敵な木が
道の両側にずらりと並んで、
わたしを歓迎してくれているようで。
美しい景色を両目と心にしっかりと収めました。

モネは失明同然になっても、
太陽の光を描くために
池で長いこと観察していたといいます。
きれいな睡蓮が咲いた池を見ながら、
ふと考えました。

「自分はそんな風にできるだろうか」

モネの激しい情熱、
それから絵に対するひたむきさを
感じることができました。

モネの家を見たあと、
パリのオランジュリー美術館に行きました。
うわぁ……そこで見たモネの『睡蓮』。
モネの家で見てきた景色を実際に絵で見たら、
睡蓮の一輪、一輪がわたしの目の前に飛んできて、
くるくると踊っているようでした。

言葉では表現できないくらい、幻想的!

フィンランドが愛する
ムーミン♪

フィンランドでは、ちょっと見まわしただけでも
至る所にムーミンがいます。
ムーミンは70年以上も前に
生まれたキャラクターだそうです。
こういうのって、観光客を相手に商業的に販売され、
現地では見向きもされないこともありますが、
ムーミンはそうじゃないんです。
現地にも「ムーミンオタク」がたくさんいて、
ムーミングッズを集めている
フィンランド人も多いんですって。

本当にすごいと思いませんか？
数あるキャラクターの中で、
ひたすらムーミンを愛するフィンランド。
もう国宝級と言ってもいいんじゃないでしょうか。
ムーミンを見て、わたしの夢もはっきりしました。

今はまだ夢のまた夢だけど、
ゆっくり、今までどおり頑張って、
いつかはベニーがムーミンみたいに
愛されるようになったらいいな……。

幸せな想像もして、
いい刺激を受けたフィンランドでした。

再び訪れたバンコク、
ひとつひとつが新しい思い出に

これまで旅してきた場所を思い出すと、
どこも「ああ、楽しかったな」と言えるのに、
バンコクだけはそうじゃありませんでした。
傷ついた心を抱えて向かった場所、そして、
その痛みをそのまま持ち帰った場所だったので。
バンコクを思い出すと、心がチクチク痛みました。

だから、バンコクは候補に入れずに
新婚旅行先を選んでいたら、夫がこう言ったんです。
「ぼくはバンコクに行きたいな。
きみが涙を流した場所全部に行ってみたい。
もう泣かなくてもいいって実感させてあげたい」
それで、気づいたらバンコクに行くことに
決まっていました。

スワンナプーム空港に降り立った瞬間、
ふわっと漂ってくるバンコクの香り。
「ちゃんとタイに来たんだ！」という嬉しさとともに、
ほろ苦さもこみあげてきました。
一人で泣いたカフェ、悲しみに暮れた街角、食堂……。
全部、一緒に行ってみました。
そこを見た瞬間、当時の記憶がよみがえります。
そのときの自分の姿とともに。

胸が苦しくなるたびに、夫は静かに見つめて、
頭をなでて抱きしめてくれました。

「つらかっただろうね」
「いっぱい泣いた？」
「もう悲しまなくていいよ。ぼくがいるから」

一ヶ所、一ヶ所、戻ってみるたびに、
不思議にも、つらかった記憶が
夫とのいい思い出に上書きされ、
バンコクはもう、わたしにとって
悲しい場所ではなくなりました！

日本語版デザイン	五十嵐ユミ
校 正	麦秋新社
協 力	株式会社クオン
編 集	安田 遥（ワニブックス）

そこに行けばいいことがあるはず

ク作家 著　生田美保 訳
2021年2月11日　初版発行

発行者	横内正昭
編集人	青柳有紀
発行所	株式会社ワニブックス
	〒150-8482
	東京都渋谷区恵比寿4-4-9　えびす大黒ビル
電 話	03-5449-2711（代表）
	03-5449-2716（編集部）
ワニブックスHP	http://www.wani.co.jp/
WANI BOOKOUT	http://www.wanibookout.com/
印刷所	凸版印刷株式会社
製本所	ナショナル製本